季語を味わう

―ほとけさまと歩む春夏秋冬―

能美顕之
Nomi Kenshi

季語を味わう

―ほとけさまと歩む春夏秋冬―

能美顕之

目次

4月の季語

入学（にゅうがく）

入学の子の遠き目をしてをりぬ

折に触れて、古いアルバムを紐解《ひもと》くことがあります。遠い記憶をたどりながら佇《たたず》む、静かでやわらかい時間。せわしい日常が少し解けてゆくようで、大切にしています。

先日も一冊のアルバムを開きました。「顕之入学」と少し色あせたシールの貼られた表紙を開くと、大きな一枚の写真。真っ青な空に立ち上がる満開の桜の下、手をつなぐ二人。小学校の入学式を終えた幼い私と、若い母がそこにいます。

重そうに身の丈に合わないランドセルを背負いながら、ちっとも楽しそうでない私。ただ所在なくそこに立ち、遠くを見つめるように不安そうなまなざしをしています。

そんな私のそばで、目を細めて微笑《ほほえ》んでいる母。力強いまなざし。左手はしっかりと私の右手を握っています。私の不安をその手に包み込み、「大丈夫。一緒に歩もう」と目を細める母の顔を見ると、時間を超えて心が落ち着きます。

さて、今年も入学の季節。多くの方がそれぞれの立場で門出を迎えます。きっとそれは子どもだけの門出ではなく、親の門出でもあるのでしょう。子を見守る親の門出。ふと阿弥陀《あみだ》さまのお顔を見ると、細く力強いまなざし。私の人生を共に歩む、あの時の母のようなまなざし。

4月の季語

石鹸玉（しゃぼんだま）

石鹸玉弾けて空の青さかな

近年出色の直木賞受賞作『流《りゅう》』（東山彰良著／講談社）の冒頭に、こんな言葉があります。「魚が言いました。わたしは水の中で暮らしているのだから、あなたにはわたしの涙が見えません」

京都での学生時代、サークルの後輩が突然アパートを訪ねてきました。「能美さん、ちょっと話を聞いてほしいんだ」と消え入りそうな声。少し身構えて彼を迎え、言葉を待ちました。しかし、「能美さん…」と言ったきり言葉が出てこない。出てくるのはポロリポロリと零《こぼ》れる涙ばかり。

どうしたらよいかわからず、涙の音を聞くような時間がただ流れていきます。そんな時間に焦りを隠せない私に、彼の口からやっと零れた言葉。

「すみません。帰ります」

小さな背中を見送るアパートの前で、親子が石鹸玉を楽しんでいました。ぱちんぱちんと、空へと弾ける石鹸玉。視線を戻すと、もう彼はいませんでした。

それから会うことのなかった彼が、何を聞いてほしかったのか。溺《おぼ》れるように口をパクパクさせて、出てこなかったもの。その言葉を、苦しみを、聞くことが私にはできませんでした。

石鹸玉のように弾けてしまった彼との関係に、阿弥陀さまの大きな耳を思います。「私は聞こえているよ。大丈夫」。どんな時も寄り添ってくれる大きな耳。私の小さな耳とは違って。

4月の季語

落花（らっか）——桜が散ること

落花にも集ふいのちのあるやうな

自坊である浄光寺には、明治二十五年に建立された支坊があります。私は三十代をそこで過ごしました。境内の片隅には、鉄棒、ブランコなどの簡単な遊具、そして桜の木。見つめていると、懐かしい日々が蘇《よみがえ》ってきます。

ある日、「ピンポーン、ピンポーン」。お寺の呼鈴《よびりん》が鳴りました。昼寝をしていた私。目をこすりながら玄関を開けると、大きな笑顔が二つ。「お兄ちゃん、遊ぼう！」と、たまに遊びに来てくれる小学生の女の子、みくちゃんとりえちゃんが手招きをします。

穏やかな春日の中、きぃこ、きぃこ、とブランコで遊ぶ二人。微笑《ほほえ》ましく眺めながら、訊《き》いてみました。

「今度、お寺で子ども会を始めようと思うんだ。まずみんなで遠足に行きたいと思うんだけど、どこに行きたい？」

「そりゃあアクアス（水族館）だよ！」とりえちゃん即答。そうだよなあ、と今度はみくちゃんの答えを待ちます。少しモジモジした後に言った答え。

「私は天国に行きたい！　だってお父さんに会えるもん！」

桜が散り始めていました。

「わ～！　きれい」と花びらを拾い始める二人。あっという間に地面に広がるピンク色。そこにやさしいものが集まるような気がしていました。三歳でお父さんを亡くした女の子に、「行き先はお浄土だよ」とは言えずに。

5月の季語

鯉幟（こいのぼり）

この川も海への流れ鯉幟

中国地方最大の河川、江《ごう》の川。広島県阿佐山《あさやま》を源流に、江津市で日本海に注ぎます。雄大な山々を従えて、川の色はグリーン。河口よりその流れを遡《さかのぼ》り、車を走らせていると突如現れる景《けい》。対岸へ渡る鯉幟・鯉幟。川幅を百五十匹の鯉幟が気持ちよさそうに泳ぐ。こどもの日が近づくと、江津市桜江町でその景に出あうことができます。

「川の流れのように」は美空ひばりさんの名曲。作詞をされたのは秋元康さん。以前、この曲に纏《まつ》わる美空さんとのエピソードを、雑誌に寄稿されていました。完成した作詞を持参した秋元さん。ソファーにゆったりと座る稀代《きだい》の歌姫に「これでいかかでしょうか」と恐る恐る差し出すと、長い沈黙。重苦しい時間が流れ、やがてぽつりと「歌うわ」という返事。ホッと部屋を出ようとする背中に、美空さんがそっとつぶやきます。

「秋元さん。そうね、どんな川も海へと注いでいるのよね」

その一言が忘れられないという記事でした。当時すでに重病に冒《おか》されていた美空ひばりさん。自分のいのちも大いなる海へと注いでゆくのだ、そんな願いを重ねられたのでは、と結んでおられました。

海風に吹かれ、一斉に海の方を向く百五十四の鯉幟。そんな景に思い出すエピソード。私たちも浄土の風に吹かれ、一斉に海へ。

5月の季語

カーネーション

一本のカーネーションといふ光

数年前の母の日。ふと思い立ち、花屋に立ち寄りました。さーっと店内を見渡し、選んだ頃合いの花束。ポイントカードの有無、メッセージカードの希望など、お決まりの乾いた確認の続くレジで会計を済ませていると、視界の片隅に学生服が入りました。純朴そうな青年がじーっと花を見つめています。なんとなく眺めていると、その青年はカーネーションを選んでいるよう。花瓶いっぱいに入ったばら売りのカーネーション。一本一本を取り出し、顔に近づけて形を確認しています。香りも確認している様子。

「お客さん、お客さん！　準備できましたよ！」。店員の声にはっとレジを離れても、青年から目を離すことができずにいました。一本、また一本。「お母さんはどれを喜ぶだろうか」という声が聞こえてきそうな確認が続き、遂《つい》に選んだ一本をレジへ。「ラッピングも合わせてお願いします」と会計を済ませ、その青年は、たった一本のカーネーションを胸に抱くように店を出ていきました。

気づけば私は、自分で買った花束を見つめていました。豪華で、大きな花束。でも、なぜかくすんでいるよう。青年の選び抜いたたった一本の、花の光を忘れられずに。

「私を仏さまにしたい！」と選び抜かれた、たった六文字の言葉「南無阿弥《なもあみ》陀仏《だぶつ》」。人生を包む光を思いながら。

5月の季語

薄暑（はくしょ）

——初夏の少し汗ばむような気候

名も知らぬ小さき花の薄暑かな

二〇一六年の五月三十一日。薄暑。私は冷たい所にいました。警察署の取調室。刑事さんの冷たい声に、ただ身を丸くして。

その日は、気持ちのよい青空。車窓を楽しみながら、家路を急いでいる途中、遠くで「ピー」と音が鳴りました。誘導されるままに路側帯へ。十六キロの速度超過。「しまったなあ」と差し出した免許証。「お忙しいところをすみませんねー」と受け取った警察官の方の顔色が、しばらくするとみるみる曇るのがわかりました。更新期限を一年以上過ぎた免許証に。

細かい取り調べが続きました。自分がそこにいないような、ふわふわとした空間。ただ、心の寒さに耐えきれず、「すみません。一本煙草を吸わせてください」と監視の中、外へ出ました。

薄暑。少し汗ばむような青空の下、灰皿のそばに小さな名も知らない花が咲いていました。「大丈夫だよ」と小さな声。

「しょうがないね、無免許運転だ」。刑事さんの声がしました。二年間の運転免許取消処分。いろいろな方に迷惑をかけた二年間、よく通《かよ》った場所があります。自坊の本堂。その真ん中に寝転び、天井をしばらく眺めると、少し落ち着くような。小さな私を「大丈夫だよ」と包む、大きな仏さまの器。

あの日の薄暑の青空と、小さな花を思いながら。

6月の季語

夏柳（なつやなぎ）

お帰りと風の声して夏柳

支坊境内の真ん中に佇《たたず》む老木。がらんどうの幹を抱える柳の木。「若さん、ここはわしの安全地帯だったんで、切らんとってな」ある日、近所の方に言われました。子どもの頃、悲しいことがあると、この木の下に。不思議と安心したとのこと。

二年間の運転免許取消処分期間が明け、松江市内の教習所へ向かいました。二週間の合宿免許。六月の教習所は完全なオフシーズン。がらんとした待合いに腰掛け、受付を待っていました。「能美さん」との声に席を立つと、「いや、もう一人の能美さんの方で」。振り返ると、つなぎの作業着を着た若者が立っていました。

偶然にも同姓であることが分かった彼とは、喫煙所でいつも一緒に。いろいろと話をする中で、家族とは音信不通で、松江の建設会社に住み込みで働いているとのこと。「免許を取ったら、社長のベンツを譲ってもらうんすよ」。屈託の無い笑顔に、いつも孤独が滲《にじ》んでいました。

無事に免許を取得し、彼との最後の喫煙所。「ありがとうね」と声をかけると、「いいなあ、帰るところがあって」とぽつり。

お寺に帰ると、青々と夏柳が「お帰り」と風に揺れていました。「いいなあ」という彼の声が蘇《よみがえ》り、涙が出てきました。彼にいのちの安全地帯があることを、伝えられなかった私に。

6月の季語

五月雨（さみだれ）

――梅雨時期に降り続く雨

川底に静けさ集めさみだるる

子どもの頃、勢いに身を任《まか》せ、急に妙な遊びが始まることがありました。五月雨の降り続く日曜日。川沿いの友人宅に集まった数人、暇《ひま》を持て余していました。テレビゲームにも飽き飽きし、みんなでごろんと、窓越に降り続く雨を眺める時間が続きます。眼下には、いつもより流れの速まっている川。リーダー格の友達が、身を乗り出して妙に興奮しながらそれを眺《なが》めていました。

嫌な予感は的中するもの。

「今日は暑いし、飛び込もうぜ！」と、飛び出していった彼にみんな追従。雨の中、裸で高台より次々と川にただ飛び込むという、訳のわからない遊びが始まりました。飛び込んでは笑顔で浮かび上がる友達に、遂《つい》に私の番。「けんしー、早く飛び込めよー。楽しいよ」。モジモジと意を決して、どぼーん、ブクブク。必死で岸に上がり、ちっとも楽しくなく、泣きそうな私。

でも、意外なことがありました。水面は騒がしいのに、川底に足が着いた時、そこが「静か」だったこと。川の表面は速く流れているのに、川底は変わらない。動いていなかったこと。

そんな記憶に、私のいのちを思います。めまぐるしい速度で移り変わる私のいのちの底に、いつもあるもの。それは決して動かない、変わらない、仏さまのやさしいお心。

6月の季語

籐椅子（とういす）

籐椅子の主《あるじ》を待っているやうな

物から声が聞こえてくることがあります。支坊の本堂にある籐椅子。脚には補修のためのガムテープ。先日、少し剥《は》がれたガムテープを貼り直していると、声。「若さん、籐がほつれたままじゃ不細工だよ。直しとかんとー」。Mさんの声がします。はいはい、と心で返事をし、辿《たど》る懐かしい記憶。

本当にお寺を愛した人。ご法座には必ずお顔がありました。何人かの方を、やや強引に引き連れてお参り。「ここはわしの指定席！」と、ご本尊正面に置かれた籐椅子を譲りませんでした。白衣《はくえ》が短かったりすると「若さん、もっとちゃんとせな！」と怒られることも度々《たびたび》。そして、いつも山ほどのかき餅《もち》を朝早くから手作り。砂糖たっぷりのかき餅は、お座の名物でした。

平成二十四年、「もう、長くない」との一報に病院へ急ぎました。病室に入ると、小さく肩で息をするMさん。連絡をくださったお孫さんに促され、手を握りました。働き者の皺《しわ》くちゃの手。あたたかい手。

「おばあちゃん、これを渡さないといけないいんだろ！」とお孫さん。その手にはビスケット。Mさんの人生最後の買い物は、自分のものではなく、私の子へのビスケットでした。

少しのさみしさに今、「若さん、さみしくなんかないんで。そばにおるんで！」と、Mさんの声。

7月の季語

灯涼し（ひすずし）――一日の暑さが終わって点《とも》る夏の灯

点滴のポトリポトリと灯涼し

六年前の六月末、私は体の不調を感じていました。足が痺《しび》れ、うまく動かない日々。日に日に状態は悪化し、ある夜中、目が覚めると体が自分のものではないよう。翌朝、病院にて告げられた病名は、ギラン・バレー症候群というものでした。即入院、点滴治療が始まりました。すると病室に、ゴロゴロゴロと運ばれてきた大きなもの。「その点滴は非常に強いものだから、稀《まれ》に心臓が止まることがあるのです」と、心肺蘇生装置。全く力が入らない体に、いつ止まるかわからない心臓。言いようのない恐怖を感じました。ポトリ、ポトリと点滴の変わらないリズム。心臓の音。

入院二日目。さまざまな検査に、バタバタと日暮れ。点滴のリズムにウトウトしていると病室のドアがガタンと開きました。当時五歳（保育園児）だった息子。タタタタッと走り寄ってきて、私の手を握ります。「大丈夫？」と言うのかな、という予想を裏切り、息子が言った言葉。

「今日もＡくんが嫌だった！」

ニコニコと保育園の報告が始まりました。ご飯がおいしかったこと、遊戯が楽しかったこと。そのいつもと変わらないまなざしに、笑顔に、何かがほどける音がしました。私が健康でも病気でも、何も変わらない。涼しい笑顔に、手のぬくもりに、阿弥陀さまを思っていました。

7月の季語

虹（にじ）

遺されし言葉にそつと虹立ちぬ

朝ドラに、あの人が出ていました。その匂い立つようなオーラと迫力。かつて、かじりつくように見たテレビの記憶を辿りながら、もうこの世にはいないスターを眺める朝。「志村は死なないの。ずーっと生きている」。追悼番組で絞り出すように言ったのは、高木ブーさん。

以前、こんなことがありました。六十代で急逝された熱心なご門徒さま。つらいお葬儀を終え、ご遺族の皆さまと火葬場へ。お勤《つと》めの後、いつものように葬儀社の方がお棺を炉へ運びます。「スーッ」と音もなく開く、機械式の炉の扉。静かにお棺が納められていきます。すすり泣くご遺族の傍《かたわ》らで、私はその瞬間を待っていました。炉の扉の横にある着火ボタン。江津市では喪主が押す決まり。その際、ご一緒に手を合わせるようにしています。この日の喪主は、三十代の息子さん。ボタンの前で、体中が泣いているよう。

やがて、震える人差し指がボタンに近づき、「合掌」と私が言おうとした刹那、背中より聞こえてきた声。

「あーまん。あーまん」

振り返ると、母親（喪主の妻）に抱かれる幼子がいました。ふと蘇る、故人が幼子を膝に抱き、一緒に手を合わせる姿。

帰路、雨上がりの車窓には抜けるような青空と、虹。どこまでも伸びてゆくような、七色。

8月の季語

法師蟬（ほうしぜみ）——ツクツクボウシのこと

少年の涙は細く法師蟬

毎年、法師蟬が鳴き始める頃、一泊二日の子ども合宿をお寺で開催します。賑《にぎ》やかに集まってくる子どもたち。ぱーっと受付を済ませ、本堂を走り回ります。すると、いつの間にか始まるもの。一人が一人を追いかけ始め、その輪が広がっていく、「鬼ごっこ」。横目にお荘厳《しょうごん》を終え、「ピーッ」と笛を吹くことから合宿が始まります。

ある年のこと。いつものように始まった鬼ごっこの喧騒《けんそう》に、「ふ～っ」とため息一つ。笛を咥《くわ》えようとすると、目に入ったもの。本堂の真ん中で、男の子が膝を抱えて、小さく肩を揺らして泣いていました。「鬼になったかな。誰かに意地悪されたかな」と、近寄り「どうしたの？」と声をかけると、返ってきた意外な言葉。

「誰も、僕を追いかけてくれないんだ」。一瞬、言葉を失いました。この子は、鬼になったり意地悪をされて、泣いているんじゃない。自分に無関心な、みんなに泣いているんだ。無関心な喧騒に泣いているんだ。静かで、さみしくて。

少しの静寂が訪れ、聞こえてくる法師蟬の声。「追いかけてほしい」。ただそれだけの願いを持って、さめざめと泣き続ける男の子の小さな背中をさすりながら、「阿弥陀さまは追いかけてくれているよ。いつも君を追い求めてくれているよ、一人じゃないよ」と言えなかった記憶。

8月の季語

流星（りゅうせい）

流星の交差に空の深さかな

空を眺めるのが好きです。空は平面に見えて、とんでもない深さを持っています。百三十八億年前のビッグバンより、広がり続ける空。その永遠性。

学生時代、友人と流れ星を見に出かけました。「しし座流星群」というすごい流星群がやってくる、との報道。レンタカーを借り、スポットである奈良県生駒山を目指しました。しかし、生憎《あいにく》の曇天《どんてん》。闇空を追いかけ、淡い期待にようやく辿り着いた山上の駐車場は、カップル、家族などで混雑していました。

「さあ！」と降車し、持参した寝袋の中、仰《あお》ぐ空は依然として曇天。星は見えません。期待外れの景に、まばらに帰路につく車の列を眺めつつ、友人と二人粘りました。

いつの間にか寝ていました。はっと気づくと、うっすらと闇が白い。時計を見ると午前三時過ぎ。「帰ろうか」と友人ともう一度仰いだ空に、スッと二つの星が流れました。右から一つ、左から一つ、交差するように。「はかないなあ」と友人がぽつり。しばらくその空を離れられませんでした。

今、記憶を辿りながらはっきりと思い出すのは、流星ではなく、空。流星の交差後にいつまでも残っていた大空。とんでもない深さで、広さで、流星をいつでもどこでも見守っている。私たちの一瞬の人生の交差を包む、仏さまの願いのよう。

9月の季語

夜長（よなが）

行間の広がってゆく夜長かな

秋の夜長は、読書が進みます。どこかゆったりとした闇に、行間が広がってゆくよう。

先日、寝床《ねどこ》にて紐解いた樹木希林《ききききりん》さんのエッセー。自然体で、飾らない文章。その中で紹介されていた、連れ合いの内田裕也《うちだゆうや》さんとのエピソードが心に残りました。

若い頃、夫婦関係にとても苦労したという希林さん。自分に背を向けてばかりの裕也さんを、忍耐強く、やさしく見守る日々。しかしある日、もうどうにも我慢できないことが起こります。希林さんは、涙ながらに裕也さんを諭《さと》します。そして、最後の最後に告げた言葉。「だから、私はあなたと絶対に離れてあげない」。背を向け続けるあなただからこそ、私がそばにいないと駄目なんだ。絶対に見捨てないという希林さんの、大きく、深い心を思いました。

幼い頃、私は悪いことをすると、本堂の「ある柱」に括《くく》りつけられていました。「善太郎《ぜんたろう》の泣柱《なきばしら》」。本堂完成を喜び、妙好人《みょうこうにん》善太郎さんがすがりついた柱。若い頃、「毛虫の悪太郎」と呼ばれた善太郎さん。悪事を重ね背を向け続けた自分を見捨てず、この本堂を阿弥陀さまが建ててくださったと喜び、泣いたそう。そんな柱に括りつけられて、悲しくて泣いた。

でも、今は嬉《うれ》しい記憶。いつも背を向けようとする私を、「見捨てない」と建った本堂だから。

9月の季語

秋の海（あきのうみ）

大いなる父に抱《いだ》かれ秋の海

海水浴シーズンを終えると、海はひと仕事終えたよう。高々と広がってゆく空に主役を譲り、その色も波もどこか控え目で、やさしく。そんな秋の海に、思い出すこと。

私は、小さい頃からお寺の日曜学校に参加していました。何より父の指導するレクリエーションが大好き。いつもその大きな背中を必死で追いかけました。

九月、みんなで遠足に行くことに。行き先は、海。畳ケ浦《たたみがうら》という、海辺に石畳が広がる景勝地。大冒険のようで、嬉しくてたまらない私。最後に薄暗い隧《ずい》道《どう》を歩いて抜けると、視界いっぱいに石畳、秋の海。

時間を忘れ遊びました。石畳には見たこともない虫。触れると、びっくりしたようにわっと動く。それが面白くて、歩を進めました。ふと後ろで、「危ない！」と声。ボチャン。次の瞬間、私は海の中にいました。水面に、上級生のお兄ちゃんお姉ちゃんの顔。口をパクパクして手を伸ばす様子。届かない。

そんな私に聞こえてきた声。「顕之！　顕之！」。父の私を呼ぶ声。そしていつの間にか、私は父の大きな胸の中にいました。

秋の海に思い出す声。今、不思議なのは、父の声が水中で聞こえてきた時、「助かった」と思ったこと。まだ助かってないのに。

それはきっと、父の「絶対に助ける」という強い願いが聞こえてきたから。

9月の季語

月光（げっこう）

指先に月光を置く別れかな

自坊より一キロほどの距離に、跡市《あといち》という町があります。かつては地域の中心として栄えた地。ですが、今はその面影はありません。度重《たびかさ》なる水禍の中、更地《さらち》ばかりが増える過疎の町。そこにかつて、「F自転車商会」という自転車屋さんがありました。Fさんという寡黙《かもく》でやさしいご主人が営むお店。

「坊ちゃん、気をつけて乗りんさいよ」。子どもの頃、ピカピカの自転車を軽トラで運んでくれるご主人は、みんなのヒーロー。そして、Fさんにはもう一つの顔があります。俳人。若い頃より私の祖父（俳人）の指導のもと、地道に俳句を続けておられました。私が俳句を始め、初めて句会に参加した時、「若さん、記念写真を撮ろう」と大きな笑顔。坊ちゃんから若さんになった私。「若さんの句は違う。すごい」と、いつも手放しの誉《ほ》め言葉。誉められて伸びる私。そんなFさんが数年後、しんどそうに涙を浮かべ、「今までありがとうございました」と句座より去りました。重病に冒《おか》されて。

ある夜、湖畔にある病院を訪ねました。少し小さくなったけど、意外と元気そう。湖の綺羅《きら》を纏《まと》う窓辺にて、尽きない俳句の話。ふっとFさんが窓を指さします。

「若さん、今日は月がぬくいなあ」

帰路、私に手を振り続けるその後ろに、湖とやさしい月。そんな、今生の別れ。

10月の季語

天高し（てんたかし）

――秋の高い空の意

青々とただ洋上の天高し

秋の空は、悠々《ゆうゆう》とどこまでも高く、どこまでも青い。そんな空の下、以前、宮島に出かけました。フェリーのデッキで海の香を体いっぱいに感じながら、降り立った桟橋《さんばし》。おめあては雑誌で紹介されていた名物「アナゴ飯」。のんびりと歩く鹿の群れを横目に、暖簾《のれん》をくぐりました。途端にプーンといい香り。さすがにいいお値段でしたが、味には満足。大満足。

帰りのフェリーにはまだ時間がありました。友人と相談した結果、立ち寄った水族館。入ると通路の両側には、さまざまな魚が気持ちよさそうに泳いでいます。嬉々《きき》として眺める友人。あまり興味のない私は、満腹に重たい瞼《まぶた》をこすりながら。

ふと一つの水槽《すいそう》に目が留まりました。大きな水槽の中心あたりに、細い筒が数本立っている変わった水槽。「何かいるなあ」と思って近づくと、ギョッ。先ほど食べたアナゴが、細い筒の中でひしめきあうように。不思議に思いました。「こんな広い水槽があるのに、何故《なぜ》こんな窮屈《きゅうくつ》な場所にいるんだろう」

水槽の脇にあった説明文にこうありました。

「アナゴは、自分で熱を生み出すことができません。お互いに擦《す》りあい、あたためあっていないと生きていけないのです」

帰りのフェリーのデッキ。「人間も一緒だなあ」とぼんやりと。より青く、高い空の下で。

10月の季語

金風（きんぷう）　―秋の風の意

一陣の金風に置く希望かな

「私はショートケーキにただイチゴを乗っけているだけ」

伝説的なキャッチフレーズを数々生み出した、糸井重里《いといしげさと》さんの言葉。職人の手によりおいしく作られたケーキ。ショーケースに並ぶ時、そっとイチゴを乗せる。イチゴに、大した意味はない。ただ、ショートケーキをより多くの方に手に取ってもらうため、そのおいしさを知ってもらうため、私はイチゴを乗せ続ける。それが、キャッチフレーズ。

四年前、お寺で「音縁《おんえん》」というイベントを始めました。コンセプトは「お寺体験」。お寺全体を開放し、本堂では音楽コンサート、庫裏《くり》（寺族の居住スペース）にはさまざまな体験ブース、境内には多くの飲食マルシェ。お寺のご門徒だけではなく、地域の方々、学生、多くの業者さんに関わっていただいての開催。三年前（二回目）のこと。たくさんの笑顔の輪にホッとビールを飲んでいると、業者さんから「初めてお寺に来ました。お寺って楽しいんですね。そしてここにいると安心します」との言葉。

縁のある方もない方も、お寺はみんなの居場所。そんな思いの中、始めたご縁作り。阿弥陀さまの願いいっぱいのお寺を、より多くの方に知ってほしい。新型コロナウイルス感染症により自粛を強いられた、二〇二〇年の開催日。中止の決まったがらんとした境内。座り込み佇《たたず》む私に、一陣の大きな金風。イチゴを乗せ続けよう、と立ち上がる。

10月の季語

運動会（うんどうかい）

運動会果てて白線のみ残る

秋晴の下、私はその時を待っていました。我が子（当時三歳）の初めての運動会。保育園の園庭にスッと引かれた、純白のスタートライン。そこから伸びるかわいい列の中程に、子はいました。手を振ると少し緊張しているよう。もっと緊張している私。多くの親のまなざしを集め、スタートが切られました。三歳児の種目は、「一人で園庭を一周できるかな」。簡単な障害物の設けられたコースを、ただぐるっと一周。一人、一人と、小さく一歩を踏み出していきます。次第に短くなってゆく列。「さあ！　次の次が我が子の番」と、スタートラインを見つめると、女の子が膝《ひざ》を抱えてうずくまっていました。緊張と不安。保育士さんが背中をさすり、慰《なぐさ》めます。次の出番を待つ我が子は、ますます不安そうな様子。少しイライラする私。

すると、若い女性がその女の子のもとへ。後ろからそのまま抱きかかえます。「よかった。お母さんが列から退《の》かせてくれるんだ。やっと子の番！」と、次の瞬間、私の思惑《おもわく》をよそに意外な光景。そのお母さんは、女の子の足を自分の足に乗っけて、「いちに、いちに」と一緒にスタート。園庭一周、無事ゴール。スタートからゴールまで、親子一緒。そのあたたかい景に、これから力強くスタートを切ってゆく子へ、「お父さんも一緒だよ」とまなざしにこめて。

11月の季語

初冬（しょとう）

満堂の念仏はるかなる初冬

時折、大好きだった祖父のことを想い返すことがあります。

晩年、重い帯状疱疹《たいじょうほうしん》に苦しんでいた祖父は、ある日開き直ったように、「腹話術」を始めました。目標は、テレビで見たいっこく堂さん。さっそく人形を求め、自らの俳号「丹詠《たんえい》」に因《ちな》み「丹《たん》くん」と名付け、一心に練習。以来どこに行くのも一緒。

「おじいちゃん、帰ったよ」。当時大学生だった私が支坊（祖父）を訪ねると、

「頭之、わしゃこの間、四級をもらったんじゃ。なぁ丹くん」と、得意げに披露。嫌な予感。人形と一緒に大きくパクパクと動く、祖父の口元を眺《なが》める時間が続きました。

そんな祖父が晩年始めた、もう一つのことが、「テレホン法話」。病気で苦しんだ自身の経験から、同じく苦しむ人に法話を届けたいと、定期的に録音していました。何か気恥ずかしく、私がそれを初めて聴いたのは、祖父のお葬式の日。

平成十四年の初冬、式中に流された、祖父が生前最後に録音したテレホン法話。そこには、祖父と一緒に「丹くん」がいました。「丹くん、わしゃあ大切かなぁ」「うん、おじいちゃん。大切だよ」「なんまんだぶ」と、結ばれる腹話術法話。涙が零《こぼ》れました。人形にすら「大切だよ」と言ってほしかった、命の際《きわ》のさみしさに。そして、丹くんと一緒に「大切だよ」と祖父に届く、変わらない阿弥陀さまの声に。

11月の季語

時雨（しぐれ）

―初冬に降る通り雨

悲しみの心は白く朝時雨

以前、猫を飼ったことがあります。

「みゃー、みゃー」。ある日、当時支坊に住んでいた祖母から連絡が入りました。トイレの天井裏で猫が鳴いているとのこと。行ってみると、かわいい子猫が四匹。今にも消え入りそうな声。数日待っても、戻らない母猫。

段ボールに入れ、連れ帰りました。引き取り手を探すと、すぐに引き取られていった三匹。「わー、かわいい」と抱き、去ってゆく女性を見送り、段ボールに残った子猫と目が合いました。もう鳴きもせず、じっと私を見つめます。真白い毛並み。青いまなざし。

時雨の中、何かに駆《か》り立てられるように、ホームセンターに行きました。求めたミルクと哺乳瓶《ほにゅうびん》。指先で恐る恐る子猫の首を持ち、哺乳瓶を口元へ。すると口をすぼめ、小さくチュー、チュー、と吸い、「みゃー、みゃー」。ほほ笑むように鳴き始めました。

「ナム」と名付けました。みるみる美しく成長してゆく白猫は、家族の一員となりました。境内を優雅に歩く姿は、ご門徒さんにも大人気。

ある朝、「ナム」は急に動かなくなりました。門前の道路で車に轢《ひ》かれて。悲しみの中、呆然《ぼうぜん》とお参りへ行きました。仏前に手を合わせていると、ふと窓を叩《たた》く雨の音。時雨。思い出すミルクと哺乳瓶。その、まなざし。

11月の季語
冬ぬくし（ふゆぬくし）―冬になっても暖かい日

臨終の手にそつと手を冬ぬくし

二〇一七年の十一月二十二日。母と都城市（宮崎県）へ向かいました。母方の祖母の急変の報を受けて。

絶対に忘れてはならないものが一つありました。スマートフォン。充電を確かめて、出発。道中、はらりはらりと落葉の車窓に、何とも落ち着かない二人。

鹿児島中央駅にて特急に乗り換え座席に座ると、母の携帯電話がブルブルと震えました。洩《も》れ聞こえる叔父《おじ》の声。心拍が弱まり、もう今がわからない様子。急遽タクシーに乗り換え、病院へ急ぎました。車中、辿る祖母の記憶。いつもやさしく、お洒落《しゃれ》だった祖母。

あと三十分で到着しますよ、と運転手さんの声も空《むな》しく、ブルブル、と再び母の携帯が震えました。冷たい音。「間に合わなかった」と、握りしめるスマートフォン。

到着。二人で白い息を追いかけ、病室に。もう動かない祖母と、祖母を見つめる叔父。祖母の手を握ると、まだ残る小さなぬくもりに涙が溢《あふ》れました。

「おばあちゃん、これを聞いてほしいんだ」とスマートフォンを耳元に。以前録音したものを再生。「われいまさいわいに～　まことのみのりをきいて～」。連れて来れなかった曾孫《ひまご》の声。礼讃文《らいさんもん》。

再生が終わり、みんなの口からいつしか零れたもの。「なんまんだぶつ。なんまんだぶつ」「間に合ったよ」と祖母のやさしい顔。

12月の季語

息白し（いきしろし）

一言に込める願いや息白し

先日、本を読んでいると、こんなエピソードに出遇いました。嘘《うそ》のような本当の話。

二十二歳の青年が、他人の免許証を盗んで交通事故を起こし、顔面を大けが。栃木県の病院に搬送。その盗んだ免許証をもとに連絡を受けた母親が、はるばる八丈島から病室に駆けつけます。本当の母親ではない、他人。しかし、顔中に包帯を巻かれた男性を、二年間音信不通の息子と信じて疑いません。

一週間後、意識を取り戻した青年が一言。「母ちゃん」。その言葉に、彼女は病院で自炊を続け、泊り込みで看病を続けます。看護師が包帯を取り換えるとき、青年は「醜《みにく》い姿を母ちゃんに見せたくない」。故郷の話をすると、「頭を打ってよく覚えていないんだ。母ちゃん」と誤魔化《ごまか》す。

やがて女性は、青年の背丈が、声が、息子とは少し違うことに気づきます。しかし、「母ちゃん」という言葉に、魔法にかかったように続ける看病。

五カ月後の寒い朝。いよいよ包帯が外れ、対面。その別人の顔に女性は驚きもせず、怒《いか》りもせず、ただ青年に「ありがとう」と一言。白い息を吐いて、八丈島に帰っていった。という話。

別人とわかっていても、あなたを大切にしたい、と五カ月間寄り添い続けた女性。どうあっても「あなたの親でありたい」と、立ち上がった仏さまをふと想う。

12月の季語

嚔（くさめ）―くしゃみのこと

昏鐘《こんしょう》の数見失ふ嚔かな

毎夕十八時に、七回梵鐘《ぼんしょう》を撞《つ》くことが日課となっています。師走《しわす》の冷たい風の中、「いーち、にー」と撞いていると、思わずこぼれるもの。嚔。その拍子に回数を忘れることもしばしば。

鐘楼《しょうろう》より見える山の麓《ふもと》に、ご門徒さんのお宅があります。十九年前、急なご病気（脳梗塞《こうそく》）を発症され、以来車椅子《いす》生活。しかし、奥さんのあたたかいお世話の下、お仏壇を大切に、手を取り合って生活しておられます。

お参りに行くと、まず顔いっぱいの笑顔で、手を一生懸命に伸ばされます。握手。言葉はありませんが、伝わるぬくもりがいっぱい。お勤めが終わり振り向くと、嬉しくて顔はいつも涙でびしょびしょ。奥さんがやさしく拭《ぬぐ》っておられます。そんなご夫婦の姿にいつも学ぶ私。

ある日のお参りのこと。いつものように笑顔で握手、お勤めを終え振り向くと、少しご様子が違う。ご主人が少し顔を曇《くも》らせて、人差し指を一本立ててお
られます。「どうされたのだろう」と困っていると、奥さんが申し訳なさそうに一言。「若さん。昨日の鐘、一回少なかったんよ」

ご主人は毎夕届いてくる鐘の響きを、手を合わせながら数えておられるとのこと。涙を流して。

山を眺《なが》めてから、今夕も鐘を撞きます。嚏を我慢しながら。一本の指を思いながら。

1月の季語

年酒（ねんしゅ）――新年を祝うお酒

父と子の年酒に交はす決意かな

大切にしている手紙があります。二十六歳の時、私は長い京都での学生生活を終え、自坊である浄光寺に帰りました。お勤めの資格試験（特別法務員）に落ち、失意の中で。しばらくは両親の顔をまともに見ることができず、黙々と引っ越しの荷物を整理する日々。上を向くことができずに。

荷物を整理していると、手紙がポロリポロリと出てきました。学生時代、音信不通の私を心配し、定期的に手紙をくれていた母。ろくに読まずに、同封の商品券やお小遣いを楽しみにしていた私。

改めて一通一通読み返していると、筆文字の一通の手紙。父からの手紙。封も切っていませんでした。開封してみると、和紙の便箋《びんせん》が一枚。文面はたった一言だけ。その言葉に、そっと上を向きました。

「お前はお前の色でいい」

それから十二年後の元旦。恒例の家族そろっての本堂でのお勤め。最後は父が酌《く》む年酒を順番に頂きます。最初は私。朱の杯《はい》にとくりとくりと注《そそ》がれる量が、いつもより多い。すると、父が静かに一言。

「顕之、今年は住職補任《ほにん》式※に行ってもらいます」

しばらく間を置き、「はい」と小さく返事をし、一気に飲み干した年酒。父に杯を返し、ふと見上げると、阿弥陀さまのお立ち姿。「お前はお前の色でいい」。思い出す、父の手紙。

※住職就任にあたり、本山（西本願寺）で受ける儀式。

1月の季語

風花（かざはな）――晴天にちらつく雪

風花の青く大空ありにけり

風花に思い出すご夫婦がいます。野球好きで寡黙《かもく》なご主人と、いつもにこやかでお話し好きな奥さん。月命日にお参りすると、いつもご主人は衛星放送で野球を見ておられて、奥さんが「さあ始まりますよ」と、まずテレビを消す決まり。夫婦一緒にご縁に出遇《であ》われて、お勤め後はご主人は静かにテレビの前に戻り、私は奥さんとお茶を飲みながらお話。そんな月命日のルーティン。

平成二十三年、ご主人が九十五歳でご往生。それから、月命日は奥さんと二人でのお参りに。お勤め後、お茶の時間。いつもと変わらない笑顔。穏やかな時間。ただ違うのは、奥の部屋からのテレビの音が聞こえない。

「若さん、本当はわしの方が先だったんで」

ある日のお茶の時間、奥さんが話し始めました。奥さんは心臓に持病を抱えておられ、畑仕事の際、急な心臓の痛みが起きたそう。うずくまり、一歩も動けない。「もう駄目だ」と思っていると、背後から自分の名前を呼ぶ大きな声。テレビを見ていたはずのご主人が駆けつけ、おんぶをしてくれたそう。そのまま家までおんぶ。救急車を呼んでくれて、一命を取り留めたとのこと。

「わしはな、手を合わせていると、おじいさんが今もおんぶしてくれてる気がするんよ」

平成三十年、奥さんのお葬儀。外は青空。キラキラと風花。

2月の季語

鶯（うぐいす）

鶯の告ぐる再会ありしこと

一枚の写真に、祖母の記憶を辿りました。写真には何人かの親族に抱きかかえられ、階段を下りる祖母。足腰の力が抜け、その目は虚《うつ》ろ。祖父の葬儀の写真。

祖父のそばには、いつも祖母がいました。どこに行くのも一緒。活発で行動派だった祖父の背を、やさしく見守るように。いつも控え目で、物静かだった祖母。祖父が晩年病に臥《ふ》している際、当たり前のように片時もそばを離れず、献身的に看病を続けていました。「今日はお加減どうですか」とお世話をするその顔に悲壮感はなく、穏やか。そう、祖父のそばにいる祖母は、いつも嬉しそうだったのです。

祖父の往生後、祖母は夫婦で長年過ごした支坊を離れることができず、一人で生活していました。しかし次第に顔は表情を失い、弱っていく体。数年後、本坊にて一緒に生活することに。私の衣裳《いしょう》（法衣）部屋の隣が住まいとなりました。床の間には小さいお仏壇、祖父の写真。

ある朝、法衣に袖《そで》を通していると外より「ホーホケキョ」。もう春なんだなあと思っていると、隣室より声が聞こえてきました。祖母の声。耳を澄ませてみると、「あなた、ありがとう。あなた、ありがとう」

こっそり襖《ふすま》を少し開け覗《のぞ》くと、仏壇に手を合わせる祖母。その顔はやわらかい笑顔。祖父と一緒にいた時の、笑顔。

2月の季語

早春（そうしゅん）

早春を告ぐバーボンのひかりかな

二十六歳で自坊に帰った私。少しずつ父の法務を手伝いながら、やがてご法事のお参りにデビューする日がやってきました。大切な試験に臨むような緊張感のもと、鳴らした呼鈴。「はーい」とやわらかい笑顔を纏い、ご婦人が出てこられました。ご主人のご法事。少し震える声でお勤め後、拙《つたな》い法話。ご婦人のお顔をそっと見ると、私よりも緊張しているようなお顔。

終了後、隣のお寿司屋さんでお斎《とき》(会食)。少し緊張も解《ほぐ》れてきた頃、向かいに座っておられた親戚の方に言われました。「若さんは、なんとなく○○に似てるよね」「そうなのよ」と会話に入るご婦人、お名前をUさんと知りました。

次の年の誕生日（二月九日）、私にUさんよりプレゼントが届きました。大好きなバーボン。「お体に気をつけて」と、メッセージカード。不思議に思い、母に尋ねると、Uさんの息子さんは私と同じ誕生日。そして学生の時、交通事故で亡くなられているとのこと。

「あんたを息子のように思っているのよ」と、母。

七年前、車の免許を失った際、お参りの運転手を買って出てくださったUさん。車中、「顕之さん、私、お寺にご縁があって本当によかった」と、繰り返される笑顔。

今年もバーボンがやってきます。早春のやわらかい光の真ん中に。

2月の季語

残雪（ざんせつ）

残雪を置く立像の顔優《やさ》し

自坊の境内に、妙好人善太郎さんの立像があります。向き合うと、いつも不思議とほどけてゆく心。

子どもの頃、冬になるとよくこの立像の前の広場に、近所の友達が集まってきました。一面の銀世界で始まるのは雪合戦。先《ま》ずチームを作り、左右に分かれます。そして後は、ひたすら雪玉を作り、投げる。その繰り返し。

私は寒いのが苦手で、いつも嫌々参加。

そんなある日の雪合戦。寒さが緩み、雪がだいぶ少なくなっていました。早めにさあ解散、となるところで友達が「今日はまだ早いし、かくれんぼしようや！」と提案。私は大賛成。なぜなら、地の利で絶対に見つからない場所を知っているから。

「もーいいかーい」と、鬼の声。

「もーいいよ」。私は本堂の床下にいました。動物が掘ったのか、なぜか空いていた大きな穴に潜《もぐ》り込んで。「見ーつけた！」と、次々に鬼の声。友達の嘆《たん》声《せい》。ドキドキ。いよいよ床下に入ってきた鬼も、穴の存在に気づきません。ホッとしていると、穴の中の意外なあたたかさに寝てしまいました。

はっと目覚めると静寂。「ここにいるよ～」と床下から飛び出すと、シーン。友達はみんな帰ってしまった様子。ひどくさみしくなり、トボトボと玄関に向かう視界に、立像。残雪を纏《まと》うやさしいお顔から「見ーつけた」と、声。

3月の季語

鯱（ほっけ）

一匹の鯱に集ふ縁かな

何かを始めようと思っていました。自坊に戻り、自信も持てず、漫然と日々が流れていました。新しい何かを始めたい。

十四年前の三月、京都で就職した幼馴染《おさななじみ》の親友が、帰郷の際にお寺を訪ねてくれました。仕事に行き詰まっている様子。応接間でゆっくりと話を聞きました。「まあ、明日の夜、飲みに行こうや」と別れ際、「顕之、お寺って何かいいなあ。ホッとするよ」と親友。

その言葉に、はっと決めました。地元のご門徒さまの同年代の息子さん二人に電話。幼い頃から旧知の仲。「今、Yが帰ってきてるんだけど、明日久々に一緒に飲まん？」

自坊にはまだ無い、仏教青年会（仏青）を始めてみよう、そう心に秘めながら。一晩考えた趣旨のレジュメを鞄《かばん》に忍ばせ、海鮮居酒屋に向かいました。久々に集う四人。漂《ただよ》う若干の緊張感。しかし、すぐに緊張は解け、話に花が咲きます。私一人、解けない緊張の中、タイミングを窺っていました。注文した鯡が運ばれてきました。みんなで大きな身をつつきながら、しばしの沈黙。

さあ、と鞄に手を伸ばし、「あ、あのな…」と震える声で始めた説明。みんな「？」と顔を見合わせ、再び鯡に向かう箸。「ダメか」と俯《うつむ》くと、親友の声。

「顕之！　面白そうだ。参加するよ」

今年、仏青十四年目。忘れられない結成の声。

3月の季語

春炬燵（はるこたつ）――春になっても仕舞えない炬燵

祝電に辿る初心や春炬燵

俳句を始めて五年目の春、コトリと朱の電報が届きました。春炬燵の中、鮮やかな鶴の刺繍《ししゅう》の表紙を開くと、「ホトトギス同人　おめでとうございます」。その年、ホトトギス同人《どうにん》（指導者の資格）に推挙された、私への祝電でした。差出人には叔父である「藤《ふじ》丹青《たんせい》」の名前。

俳人だった祖父の下《もと》、幼い頃から俳句に親しんでいた叔父。広島のお寺に養子入りしてからも、「俳句と仏教は通ずる」と、俳人としても精力的に活動していました。そんな叔父が私の顔を見ると、いつも言うことがありました。

「顕之、お前俳句やらんか。いいと思うんじゃがの～」

私は何か気恥ずかしく、いつもやんわりと拒否。

そんな三十一歳の時、叔父のお寺に遊びに寄った際、団欒《だんらん》の机にポンっと置かれたもの。「プレゼントじゃ」。真《ま》っ新《さら》な歳時記と句帳。手に取ると、ふんわりと紙のいい匂い。「ちょっと外に出て、一句作ってみんさい」。思いがけないプレゼントを無下《むげ》に断ることもできず、初めて句帳に綴《つづ》った俳句。

「終わりゆく紅葉を抱《いだ》く青い空」

怖《お》ず怖《お》ずと叔父に差し出すと、じっと句を眺め、本当に嬉しそうに、

「お祖父《じい》ちゃんの血じゃの～。句が大きい。顕之、センスあるぞ。わしが指導するから続けんさい」

春炬燵の中、俳句の師からの祝電に辿った、初心の記憶。

3月の季語

山笑ふ（やまわらう）──春の山のこと

生まれ来るいのちの不思議山笑ふ

そのやさしい膨《ふく》らみを見つめています。日に日に丸みを帯び、大きくなってゆくその形。妻の中に、新しいいのち。

先日、初めて産婦人科の定期検診に付き添いました。腹帯《はらおび》をしっかりと締め、ゆっくりと歩く妻。「大丈夫だからね」と、お腹《なか》を撫《な》でながら。待合室にはやさしい膨らみがいっぱい。新型コロナウイルス感染症の蔓延により、院内に漂う緊張感が、スッと解けるような不思議な空間。

「あ、今動いてるよ」

ウトウトしていた私に妻の声。すぐさまお腹に手を添えると、シーン。私の手にはいつも反応してくれません。「お父さんだよ～」としつこく擦《さす》るも、シーン。少しガッカリしていると、「能美さん」と案内の声。診察室に入り、エコー検査が始まりました。モニターを食い入るように見つめる私。「少し大きめですね。しっかり育ってますよ」。端的な先生の説明の中、モニターの中で確かに動くもの。恥ずかしそうに顔を隠すような仕草。そして、室内に響く「ドク、ドク」といういのちの音。妻の顔を見ると、凜《りん》ともう、母の表情。

帰路の車中、「赤ちゃん、ありがとう。みんな待ってるよ。安心して生まれて来てね」と、お腹を撫でる妻。「あっ動いた!」。手を添えると「ピクリ」。確かなあたたかい感触。車窓には春の山。私たちに微笑《ほほえ》んでいるように。

あとがき

開いたパソコンの起動音のそばで、吾子がスースーと寝息を立てています。つい先ほどまで外で一緒に雪遊び。一面に降り積もった雪に、飛び上がらんばかり。清々と空から落ちてくる結晶を指さし、ありったけの歓声を上げ続けていました。

今、パソコン越しに見える窓の雪。子の寝息に呼応するように、ヒラりヒラり。追いかけっこをするように、囁くように落ちてゆく。ふと、綺麗だな、と呟いていました。せわしい日常の中、忘れていた季節の営みへの感動を、改めて幼子の姿に学んだように思います。

本書は、二〇二〇年四月一日号より二〇二一年三月二十号までの一年間「本願寺新報」紙上で計三十二回連載された「季語を味わう」を一冊にまとめたものです。俳句を通してのエッセイを、との身に余るご依頼に向き合い、悩み続けた一年間。

多くの方のお支えをいただきながら、必死に稿を重ねた日々を思い返します。改めて拙稿を辿ってみますと、失敗の多いエピソードに苦笑するばかりですが、私の人生の起伏には、いつもそっと寄り添ってくれている季節の営みがありました。私がどうあっても変わらない営みへの感動を言葉に紡いだつもりです。

本書を手に取って下さる方に、その感動が少しでも伝われば幸いに存じます。そして、共にふんわりと込めた仏さまの香りに触れて下されば、これ以上の喜びはありません。

最後になりましたが、連載を担当いただき、支えて下さいました本願寺新報の皆さま、本書の出版にあたりお世話になりました本願寺出版社の皆さまに深く御礼申し上げます。

二〇二三年一月

能美　顕之

〈著者紹介〉

能美　顕之（のうみ・けんし）

1977年、島根県生まれ。俳人。ホトトギス同人。2015年、第26回日本伝統俳句協会新人賞受賞。島根県江津市浄光寺住職。

季語を味わう　―ほとけさまと歩む春夏秋冬―

2023年５月１日　第1刷発行

著者　能美顕之

発行　本願寺出版社

〒600−8501　京都市下京区堀川通花屋町下ル
浄土真宗本願寺派（西本願寺）
TEL 075−371−4171　FAX 075−341−7753
https://hongwanji-shuppan.com/

印刷　中村印刷株式会社

定価はカバーに表示してあります。

ISBN978-4-86696-041-8 C0015　MN02-SH1-①50-32